LA Princesa DE NEGRO

Shannon Hale & Dean Hale

Ilustrado por
LeUyen Pham

Beascoa

Título original: *The Princess in Black*

Primera edición: marzo de 2017
Tercera reimpresión: septiembre de 2018

Publicado originariamente de acuerdo con el autor,
c/o BAROR INTERNATIONAL, INC., Armonk, New York, U.S.A.
© 2014, Shannon y Dean Hale, por el texto
© 2014, LeUyen Pham, por las ilustraciones
© 2017, Sara Cano Fernández, por la traducción

© 2017, de la presente edición en castellano:
Penguin Random House Grupo Editorial, S.A.U.
Travessera de Gràcia, 47–49. 08021 Barcelona
Realización editorial: Gerard Sardà

ISBN: 978-84-488-4740-1
Depósito legal: B-379-2017

Impreso en IMPULS45
Granollers (Barcelona)

BE 4 7 4 0 1

Penguin
Random House
Grupo Editorial

Para nuestra princesa Magnolia particular
S. H. y D. H.

*Para Luna, Emilie, Julia, Angelique y Deniz: mi
grupito de princesas supermolonas*
L. P.

Capítulo 1

La princesa Magnolia estaba tomando chocolate caliente y galletas con la duquesa Pelucatiesa. El chocolate estaba caliente. Las galletas estaban dulces. La brisa que soplaba por la ventana era cálida y suave.

—Su visita ha sido muy amable —dijo la princesa Magnolia—. E inesperada.

—Me gusta visitar a la gente en sus casas —dijo la duquesa Pelucatiesa—. Siempre descubro todos sus secretos.

—¿Secretos? —preguntó la princesa Magnolia.

—Sí, secretos —contestó la duquesa Pelucatiesa—. Mensajes escondidos, esqueletos en los armarios, cosas así.

—¿Armarios? —preguntó la princesa Magnolia.

El chocolate caliente le quemó los labios. La brisa le revolvió los rizos, tapándole la cara. Ya no se lo estaba pasando bien.

—Tú pareces muy delicada y perfecta —la duquesa Pelucatiesa se inclinó hacia delante—. Pero todo el mundo tiene algún secreto.

La princesa Magnolia se sacudió las migas de su vestido rosa con volantes. Esperaba no parecer nerviosa. Porque la verdad es que sí tenía un secreto. Un secreto enorme. Un secreto que no quería que nadie descubriera. Y, mucho menos, esa cotilla de la duquesa.

Y, justo en ese momento, el brillante de purpurina del anillo de la princesa Magnolia sonó.

«La monstruo-alarma», pensó la princesa Magnolia. «¡Ahora no!»

¡Riiing!   ¡Riiing!

—¿Qué es ese sonidito? —preguntó la duquesa Pelucatiesa.

—¿Un pájaro? —contestó la princesa Magnolia.

Deseó que la melodía del anillo sonara como el canto de un pájaro. Pero no lo hacía.

—Qué pájaro más raro —comentó la duquesa.

—Igual está malito —dijo la princesa Magnolia—. Debería ir a comprobarlo.

La princesa Magnolia se acercó despacito a la puerta. Sus zapatitos de cristal hacían *tic-tic-tic-tic*.

—¿Y me vas a dejar aquí sola, sin más? —preguntó la duquesa.

—¡Vuelvo enseguida! —contestó la princesa Magnolia.

Sonrió con dulzura. Cerró la puerta con delicadeza.

Y, entonces, la princesa Magnolia echó a correr.

Capítulo 2

Las princesas no corren.

Las princesas no meten sus vestidos rosas con volantes de cualquier manera en el cuarto de las escobas.

Las princesas no visten de negro.

Y, desde luego, las princesas no se deslizan por pasadizos secretos ni saltan por encima de las altas murallas de los castillos.

Sin embargo, también es verdad que la mayoría de las princesas no viven cerca de una de las entradas a Monstruolandia.

Enfrentarse a los monstruos no era una tarea adecuada para la delicada y perfecta princesa Magnolia. Pero, por suerte, la princesa Magnolia tenía un secreto.

Y en secreto ella era... ¡la Princesa de Negro! Y enfrentarse a los monstruos era una tarea perfecta para la Princesa de Negro.

Capítulo 3

En el patio, Cornelio estaba mordisqueando una manzana. Meneaba su brillante cola. Brincaba sobre sus dorados cascos. Agitó ligeramente el cuerno que tenía en la frente.

Evidentemente, Cornelio era un unicornio.

¿O no?

Los brillantes de purpurina que había en su herradura sonaron.

¡Monstruo-alarma!

Dio tres delicados pasitos hacia las murallas del castillo.

Miró a la derecha. Miró a la izquierda.

No había nadie mirando. Así que Cornelio entró en un pasadizo secreto.

Se quitó el cuerno de la cabeza. Se quitó los cascos dorados de las patas.

Sacudió su brillante crin y su resplandeciente cola.

Y salió por el otro lado. Ya no era Cornelio, el unicornio. ¡Era Tizón, el leal poni de la Princesa de Negro!

En ese preciso momento, la Princesa de Negro saltó la muralla del castillo y aterrizó sobre el lomo de Tizón.

—¡Vuela, Tizón, vuela! —dijo—. Al prado de las cabras, lo más rápido que puedas. Hay una duquesa cotilla en el castillo.

Cruzaron el bosque al galope. Los pájaros aleteaban para apartarse de su camino.

Los pájaros graznaban. Los pájaros piaban. Los sonidos de los pájaros no se parecían en nada a la melodía de su anillo-alarma.

Capítulo 4

El gran monstruo azul tenía hambre. Monstruolandia estaba llena de monstruos. Algunos eran pequeños. Otros eran grandes. Otros eran más grandes todavía que el gran monstruo azul. Siempre estaban comiéndose toda la comida rica.

En Monstruolandia había un agujero por el que se colaba el olor de las cabras. Cabras peludas. Cabras regordetas. Cabras deliciosas. Al gran monstruo azul se le estaba empezando a hacer la boca agua.

Pero ¿no había una regla que prohibía salir por ese agujero? Sí, sí que la había. Sin embargo, el monstruo no recordaba por qué.

¿Sería porque el sol brillaba demasiado allí arriba?

¿Sería porque el aire era desagradablemente fresco?

No, debía de ser por alguna otra cosa...

El gran monstruo azul tenía demasiada hambre como para recordarlo. Así que trepó por el agujero.

Capítulo 5

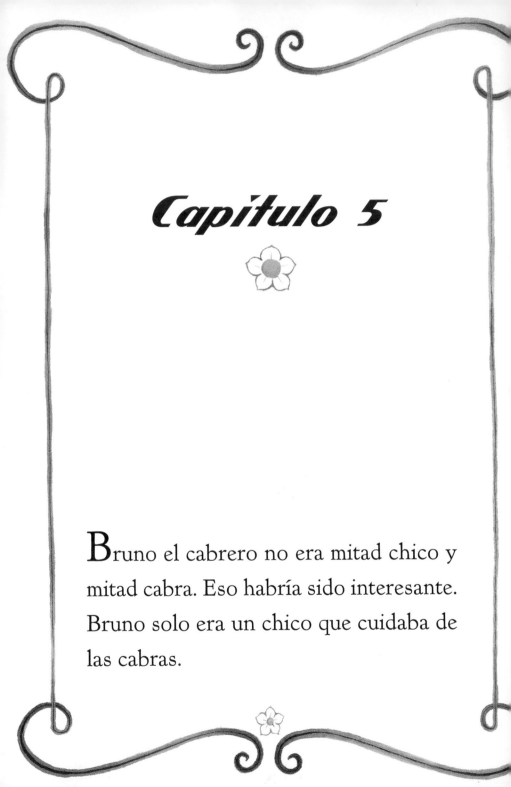

Bruno el cabrero no era mitad chico y mitad cabra. Eso habría sido interesante. Bruno solo era un chico que cuidaba de las cabras.

Le gustaban mucho las cabras. Las cabras tenían los ojos color miel. Y orejas que subían y bajaban. Y hacían ruiditos mientras olisqueaban el pasto.

A Bruno no le gustaban los monstruos comecabras.

Un brazo azul salió del agujero.

—¡Otro más, no! —dijo Bruno, co-
giendo su bastón.

Por el agujero salió un monstruo azul.

Era grande.

El monstruo rugió. El rugido sonó muy alto.

Bruno soltó su bastón. Le empezaron a temblar las rodillas.

—¡So-so-socorro! —gritó.

A lo lejos, un poni relinchó.

Capítulo 6

La Princesa de Negro galopó hasta el prado de las cabras. Un gran monstruo azul sostenía una cabra en cada zarpa. Abrió la boca todo lo que pudo. Y era una bocaza enorme.

—¡No tan rápido! —dijo la Princesa de Negro.

Tizón galopó hacia el gran árbol. La Princesa de Negro se agarró a una rama. Saltó del lomo de su poni y se balanceó para aterrizar sobre el árbol.

—¿A qué has venido? —preguntó la Princesa de Negro.

—COMER CABRAS —respondió el gran monstruo azul.

—No puedes comerte las cabras —dijo ella.

—¡COMER CABRAS! —aulló el gran monstruo azul.

—¡No puedes comerte las cabras! —repitió ella—. ¡Pórtate bien, monstruo!

El gran monstruo azul dejó las cabras en el suelo, al lado de un arbolito.

Después arrancó el arbolito del suelo.

La Princesa de Negro dio una voltereta hacia atrás y cayó sobre el césped. Apretó un botón y su cetro se convirtió en un bastón.

El gran monstruo azul rugió y blandió
el árbol. El bastón chocó contra él.

La Princesa de Negro y el gran monstruo azul se enzarzaron en una pelea.

¡PIRUETA PRINCIPESCA!

¡COZ DE TIZÓN!

¡PIRUETA DE CORNAMENTA!

RIS, TRIS, TRAS, ¡CATAPLÁS!

Con suerte, la batalla sería corta. La duquesa Pelucatiesa aún estaba en el castillo de la princesa Magnolia. Y su castillo estaba lleno de secretos. Sobre todo, el cuarto de las escobas. La Princesa de Negro esperaba que la duquesa no se pusiera a cotillear.

Capítulo 7

La duquesa se puso a cotillear.

La torre de la princesa Magnolia estaba limpísima. Las ventanas eran transparentes como el cristal. Los sofás eran blandos como un cojín. Aquello era casi demasiado perfecto. Seguro que había algo que estaba mal.

La duquesa Pelucatiesa abrió un armario. Vestidos rosas con volantes. Perfectos para una princesa.

Abrió los cajones. Guantes blancos y diademas de flores. Pañuelos con perlitas y pulseras de cristalitos.

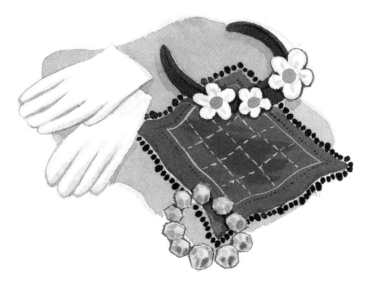

Todo perfecto para una princesa.

—¡Caray! —dijo la duquesa—. ¡Nadie es tan perfecto!

La duquesa estaba empeñada en descubrir algún secreto en el castillo de la princesa Magnolia. Solo tenía que buscar mejor.

Capítulo 8

Bruno el cabrero se sentó sobre un tronco cortado. Siempre le había gustado observar las habilidades ninja de la Princesa de Negro. Sin embargo, aquel día se dio cuenta de algo nuevo. La Princesa de Negro le recordaba a la princesa Magnolia. Sin el antifaz, quizá incluso se parecían.

La Princesa de Negro era tan alta como Bruno. Igual que la princesa Magnolia.

La Princesa de Negro tenía unos bonitos ojos color miel. Igual que la princesa Magnolia.

La Princesa de Negro tenía una diadema brillante. Igual que la princesa Magnolia.

¿Sería posible que las dos princesas fueran la misma chica?

Pero... Entre semana, la princesa Magnolia llevaba zapatitos de cristal. A la princesa Magnolia le daban miedo los caracoles. La princesa Magnolia estornudaba cuando le daba el sol.

Y, en aquel momento, la Princesa de Negro estaba atando a un monstruo de pies y manos.

Bruno se rio de su tonta imaginación. Se comió unas cuantas palomitas. Esperó a que llegara el momento de aplaudir.

Capítulo 9

La duquesa miró debajo de una mesa. ¡Ni un miserable chicle pegado! ¿Sería la princesa Magnolia tan perfecta como parecía? No, porque todo el mundo tenía secretos. Seguro que la duquesa Pelucatiesa encontraba algún fallo.

La duquesa salió del salón de la torre de la princesa Magnolia. Se puso a husmear por el salón del trono.

Examinó el salón de baile.

Exploró la cocina. Incluso se paró a inspeccionar las galletas.

Todo era absolutamente perfecto.

Y, entonces, se fijó en el cuarto de las escobas. Había algo atascado bajo la hoja de la puerta. Dio un tirón para sacarlo.

Un par de calcetines negros como el carbón.

—¡Ajá! —dijo la duquesa.

¡Calcetines negros! Todo el mundo sabe que las princesas no visten de negro. Así que la princesa Magnolia debía de tener algún secreto.

La mueca de enfado de la duquesa Pelucatiesa se convirtió en una sonrisa torcida.

Capítulo 10

La Princesa de Negro intentaba no preocuparse por la duquesa cotilla. Estaba demasiado ocupada luchando contra un monstruo azul.

El monstruo era enorme. Y pesaba muchísimo. Estaba completamente atado. Pero no podía empujarlo de vuelta por el agujero.

—Vuelve por ese agujero —dijo la Princesa de Negro.

—¡GRRR! —respondió el gran monstruo azul.

—¡Pórtate bien, monstruo! —dijo la
Princesa de Negro.

—¡GRRR! —volvió a responder.

La Princesa de Negro suspiró y le-
vantó una ceja.

—Por favor —le pidió.

MONSTRUO-
LANDIA

El gran monstruo azul también suspiró. Y rodó hasta el agujero.

Bruno aplaudió.

La Princesa de Negro hizo una reverencia.

—Gracias, amigo mío. ¡Hasta la próxima!

Le dio una palmadita en la cabeza a una de las cabras. Se montó a lomos de Tizón. Los dos galoparon hacia el bosque.

Tenía que volver con la duquesa Pelucatiesa. Esperaba que no fuera demasiado tarde.

Capítulo 11

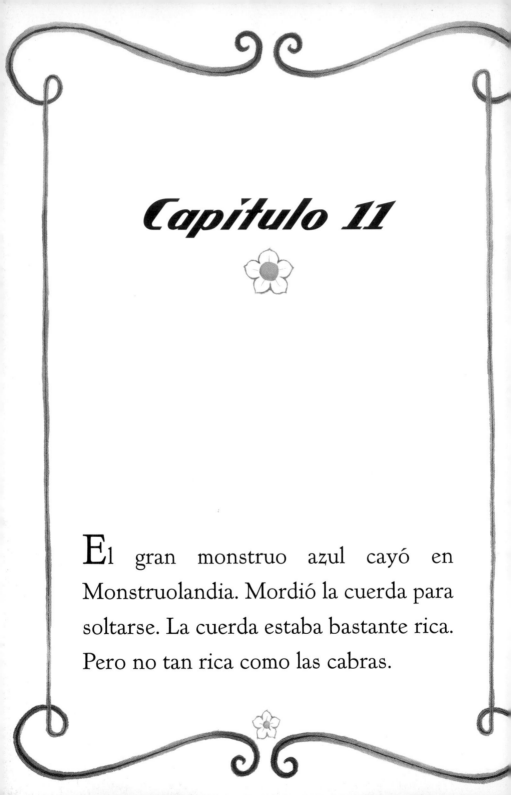

El gran monstruo azul cayó en Monstruolandia. Mordió la cuerda para soltarse. La cuerda estaba bastante rica. Pero no tan rica como las cabras.

Había una regla que prohibía salir por el agujero. Ahora recordaba por qué.

Ahí arriba, el sol brillaba mucho. Y el aire era desagradablemente fresco. Pero eso no tenía nada que ver con la regla.

Los monstruos no podían salir por el agujero por culpa de la Princesa de Negro. Ella no dejaba que comieran cabras.

El gran monstruo azul pensó que tenía que recordarles al resto de monstruos lo de la regla. Pero, entonces, se encontró una bandeja de uñas de pies cortadas.

—¡ÑAM! —dijo. Y se olvidó de la Princesa de Negro.

Capítulo 12

Bruno silbaba mientras conducía a sus cabras de vuelta a casa. No se habían comido ninguna. Eso significaba que había sido un buen día.

Y todo gracias a la Princesa de Negro.

Deseaba poder ayudarla. Pero todo el mundo sabe que los cabreros no luchan contra los monstruos.

Volvió a pensar en que la princesa Magnolia quizá fuera la Princesa de Negro. ¡Qué buen disfraz sería ese! Nadie sospecharía de una chica con zapatitos de cristal.

Pero, sin duda, era una idea muy tonta.

Si las cabras pudieran ponerse de pie sobre las patas traseras, serían tan altas como Bruno. Igual que la Princesa de Negro.

Las cabras tenían los ojos color miel. Igual que la Princesa de Negro. (Aunque ninguna de ellas llevaba una diadema brillante).

El disfraz de cabra también sería perfecto para la Princesa de Negro.

Nadie sospecharía de una cabra.

Igual que nadie sospecharía de un cabrero.

A Bruno se le estaba ocurriendo una idea.

Capítulo 13

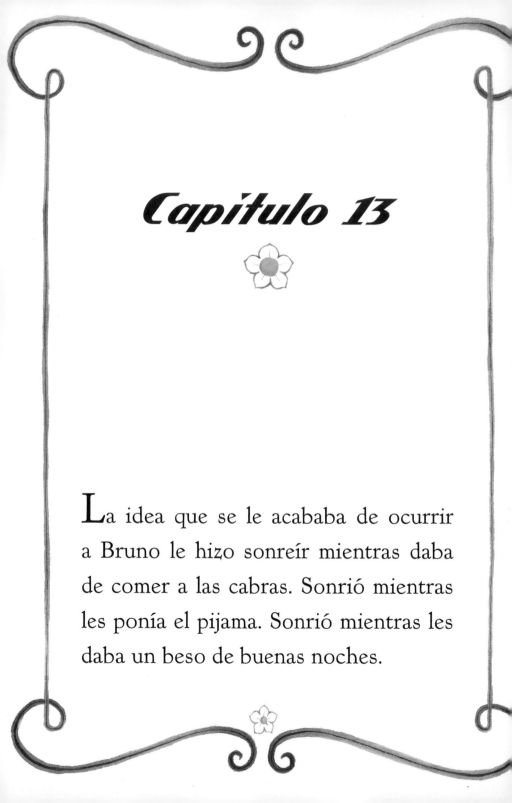

La idea que se le acababa de ocurrir a Bruno le hizo sonreír mientras daba de comer a las cabras. Sonrió mientras les ponía el pijama. Sonrió mientras les daba un beso de buenas noches.

Y, entonces, Bruno el cabrero se puso
manos a la obra.

A los cabreros no se les ocurren ideas.

Los cabreros no hacen antifaces y capas con pelo de cabra.

Y, desde luego, los cabreros no fabrican monstruo-alarmas con cuerda y cencerros de cabra.

Sin embargo, también es verdad que la mayoría de los cabreros no se disfrazan del Cabrero Justiciero.

Bruno debía entrenar. Bruno debía practicar. Y, quizá algún día, el Cabrero Justiciero lucharía junto a la Princesa de Negro. ¡Mucho cuidadito, monstruos!

Capítulo 14

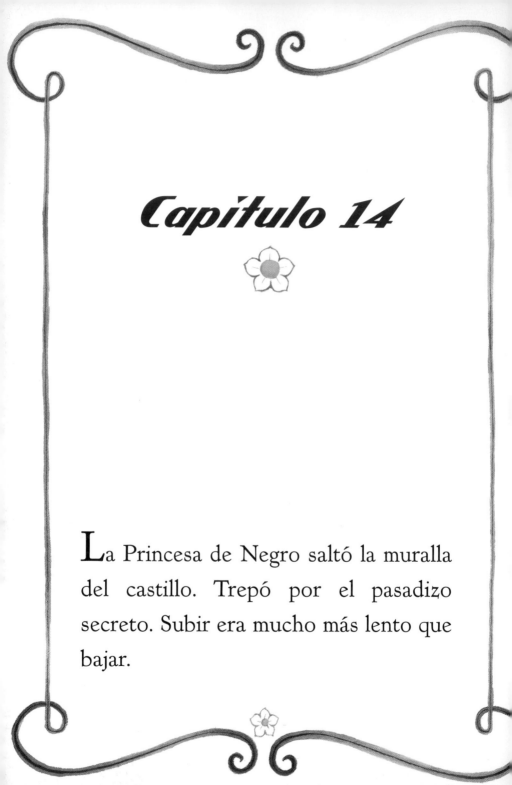

La Princesa de Negro saltó la muralla del castillo. Trepó por el pasadizo secreto. Subir era mucho más lento que bajar.

En el pasadizo había tres arañas. También había dos murciélagos. Y, peor todavía, incluso había un caracol bien gordo. Pero la Princesa de Negro no tenía miedo.

El pasadizo terminaba en el cuarto de las escobas.

Cuando salió del cuarto, ya no era la Princesa de Negro.

Era la princesa Magnolia.

La princesa Magnolia se arregló el pelo. Se alisó la falda. Dibujó una sonrisa en su rostro. El par de calcetines negros de repuesto que había dejado en el suelo del cuarto de las escobas ya no estaba allí. Pero no se dio cuenta.

Capítulo 15

La princesa Magnolia entró con pasitos delicados en el salón de la torre.

—Disculpe por hacerla esperar —dijo la princesa Magnolia—. Todos los pájaros están bien, piando como debe ser.

La duquesa Pelucatiesa le dio un largo sorbo a su chocolate caliente (que ahora era chocolate frío). Sonrió.

—Mientras no estabas, he dado una vuelta por el castillo —dijo la duquesa.

La princesa Magnolia se quedó de piedra.

—¿Ah, sí?

—Ajá —dijo la duquesa—. Y he descubierto algo en el cuarto de las escobas.

La princesa Magnolia tragó saliva.

—¿Ah, sí?

—Sí —dijo la duquesa—. Estas medias negras. ¡He descubierto tu secreto!

La princesa Magnolia contuvo un grito.

—¿Ah, sí?

—¡Princesa Magnolia, estos calcetines blancos están tan sucios que ahora son negros como el carbón! ¡Tiene que lavarlos sin falta! ¡Todo el mundo sabe que las princesas no visten de negro!

—¡Claro que no! —respondió la princesa Magnolia—. ¡Qué lista es usted!

La princesa Magnolia sonrió. Ella conocía por lo menos a una princesa que sí vestía de negro. Pero aquel seguiría siendo su secreto.

¡VUELA TIZÓN, VUELA!

¿Qué le espera a la Princesa de Negro?

¡LE ESPERAN INCREÍBLES AVENTURAS!

¡NO TE LAS PIERDAS!

LA PRINCESA DE NEGRO Y LA FIESTA PERFECTA